EL TESORO DEL CEMENTERIO

El papel utilizado para la impresión de este libro ha sido fabricado a partir de madera procedente de bosques y plantaciones gestionadas con los más altos estándares ambientales, garantizando una explotación de los recursos sostenible con el medio ambiente y beneficiosa para las personas.

Por este motivo, Greenpeace acredita que este libro cumple los requisitos ambientales y sociales necesarios para ser considerado un libro «amigo de los bosques». El proyecto «Libros amigos de los bosques» promueve la conservación y el uso sostenible de los bosques, en especial de los Bosques Primarios, los últimos bosques vírgenes del planeta.

Título original: *Il tesoro del cimitero*
Publicado por acuerdo con Atlantyca, S.p.A.
Adaptación del diseño de portada:
Departamento de diseño de RHM
Realización editorial: Ātona, SL

Círculo de Lectores, S. A. (Sociedad Unipersonal)
Travessera de Gràcia, 47-49. 08021 Barcelona
www.circulo.es

Licencia editorial para Círculo de Lectores
por cortesía de Random House Mondadori, S. A.

Edición no venal

Texto de Roberto Pavanello
Cubierta original e ilustraciones de Blasco Pisapia y Pamela Brughera
Diseño gráfico de Laura Zuccotti
www.batpat.it *www.battelloavapore.it*

Depósito legal: B-39052-2009
Compuesto en Ātona, SL
Impresión: Gráficas 94
Encuadernación: Reinbook
Impreso en España
Nº 06122

BAT PAT

EL TESORO DEL CEMENTERIO

TEXTO DE ROBERTO PAVANELLO

Círculo de Lectores

¡¡¡HOLA!!!
¡SOY BAT PAT!

¿SABÉIS A QUÉ ME DEDICO?
SOY ESCRITOR. MI ESPECIALIDAD SON
LOS LIBROS ESCALOFRIANTES: LOS QUE HABLAN
DE BRUJAS, FANTASMAS, CEMENTERIOS...
ADEMÁS, DESDE HACE POCO, TENGO
OTRO TRABAJO UN POCO MÁS ARRIESGADO PERO
MUCHO MÁS EMOCIONANTE: SOY DETECTIVE.
¿OS VAIS A PERDER MIS AVENTURAS?

Os presento a mis amigos...

Rebecca

Edad: 8 años
Particularidades: Adora las arañas y las serpientes. Es muy intuitiva.
Punto débil: Cuando está nerviosa, mejor pasar de ella.
Frase preferida: «¡Andando!».

Martin

Edad: 10 años
Particularidades: Es diplomático e intelectual.
Punto débil: Ninguno (según él).
Frase preferida: «Un momento, estoy reflexionando...».

Leo

Edad: 9 años
Particularidades: Nunca tiene la boca cerrada.
Punto débil: ¡Es un miedica!
Frase preferida: «¿Qué tal si merendamos?».

¡Hola, amigos voladores!

¿Os habéis preguntado alguna vez cuál es el lugar más tranquilo del mundo? Seguramente estáis pensando en un bosque de alta montaña, un desierto africano o vuestra habitación. Bah, os puedo asegurar que nada le gana a un buen… ¡cementerio! ¿No estáis de acuerdo? Contrariamente a lo que piensa la mayoría de la gente, los cementerios, en especial los abandonados, son lugares extremadamente silenciosos y pacíficos, donde no sucede nada extraño y donde podéis estar seguros de que nadie vendrá a molestaros,

especialmente por la noche. Como decía siempre mi abuelo Salnitre: «¡Tumba aislada, vida feliz!». Es por esto que siempre he vivido en la cripta de un cementerio abandonado; el sitio perfecto para estar tranquilo escribiendo. O esto es lo que yo pensaba, hasta que, hace algunas noches, me sucedió lo que voy a contaros...

1

¡HUYE, BAT, HUYE!

Era noche cerrada. Desde hacía por lo menos un par de horas estaba allí, delante de una hoja en blanco, con la pluma de oca en la mano, el tintero cerca y sin tan siquiera una miserable idea para mi próxima historia. Patético, ¿verdad? Decidí levantarme e ir a tomar el aire en busca de un poco de inspiración: ¡era una noche fantástica! Hice un par de vuelos panorámicos sobre mi territorio y, ya que estaba, aproveché para hacer un pequeño

tentempié a base de mosquitos (¡no os podéis imaginar cuánto me gustan los mosquitos!), a continuación fui a colgarme cabeza abajo en una gruesa rama de la vieja encina, muy cerca de la tapia: a vosotros, los seres humanos, os sienta mal que la sangre os suba a la cabeza, ¡pero a nosotros, los murciélagos, hace que nos vengan grandes y excelentes ideas! Veía el cielo al revés, pero era igualmente bello: ¡un gran manto negro plagado de perlas brillantes! ¡Guau, que frase tan poética! Quizá estaba recobrando la vena artística. Lástima de aquella neblina pegajosa que cubría casi por completo las tumbas y de la cual solo asomaba la parte superior de las viejas lápidas de piedra. Cerré los ojos y me puse a escuchar los rumores de la noche con mi fabuloso oído de murciélago: el soplo ligerísimo del viento entre las hojas de los cipreses, el cricrí de algún grillo noctámbulo y finalmente el zumbido de las serpientes entre las piedras del cementerio. Luego, de repente, todo se calló. Yo, suspendido en mi rama, continuaba meciéndome impertérrito, cuando, de improviso, un chirrido horrendo me puso la piel de gallina: ¡alguien había abierto la vieja verja del cementerio!

¡Miedo, remiedo! ¿Quién había sido? Mi cerebro hizo un cálculo rápido y dedujo que solo había dos posibilidades: quedarme quieto, simulando ser una hoja, o bien lanzarme de cabeza hacia el misterio y… ¡el peligro! Quién sabe por qué, preferí la primera solución.

De repente vi asomarse por entre la niebla una figura encorvada y encapuchada, cubierta hasta los pies por una gran capa negra. Llevaba sobre sus espaldas un viejo saco de yuta.

Se paró delante de una lápida más grande que las demás. Dos manos huesudas y blanquísimas

abrieron el saco y extrajeron un pico. Clavó la punta de la herramienta bajo la losa de piedra y empezó a hacer palanca para levantarla.

Estaba de espaldas a mí y vi cómo temblaba debido al esfuerzo. Al final logró abrir un paso ancho de al menos medio metro. Dejó caer el pico y retrocedió dos pasos, respirando afanosamente. Después, de modo inesperado, levantó la vista al cielo lanzando una llamada muy aguda: *¡Kraaaaaa!*

Esperó tan solo un instante, hasta que del cielo oscuro se asomó un gran cuervo negro que fue a posarse silenciosamente en la lápida más cercana.

–¿Lo has encontrado? –preguntó el encapuchado.

El cuervo sacudió la cabeza y agitó las alas, como para responder que no. El hombre apretó los puños, lleno de rabia.

Empezaba a sentirme un poco mal y hubiera querido esfumarme a toda ala, pero no tenía siquiera el valor de respirar por miedo a que me vieran.

La figura encapuchada, entre tanto, se acercó de nuevo a la tumba y descendió por el pequeño paso que había abierto. No podía ver lo que ocurría allí abajo, pero del estruendo que provenía del interior comprendí que aquel tipo estaba buscando algo…

Al final salió de la fosa y fue precisamente en aquel momento cuando levantó la cabeza en mi dirección y pude ver su horrible cara: ¡una calavera blanca y hueca!

¡Miedo, remiedo! No pude contener un gemido a la vista de aquel rostro horripilante, y este fue mi único error. Era un gemido suave, suave, os lo juro, pero él lo oyó igualmente. Aún con medio cuerpo dentro de la tumba extendió un brazo hacia mí, señalándome a su pajarraco con uno de sus largos y finos dedos. No hacía falta ser un genio para saber que aquel gesto significaba «¡Coge a este entrometido, vivo o muerto!» y,

en efecto, el cuervo salió como un cohete en mi persecución.

Mi cerebro hizo otro cálculo rapidísimo y llegó a la conclusión de que esta vez solo tenía una salida: ¡huir a toda ala!

2
ESPECTACULARES NÚMEROS DE ACROBACIA

Las campanas de Fogville acababan de dar las tres y Martin Silver todavía no había pegado ojo. Intentó concentrarse en algo bonito: las vacaciones en Francia, por ejemplo. Pero le vino a la cabeza aquella vez en que probó los caracoles en un restaurante y le vinieron ganas de vomitar.

Pensó que le haría bien leer un poco. Encendió la luz, se puso sus gruesas gafas redondas e inmediatamente se le empañaron los cristales.

–Mmm... –dijo–, ¡mala señal!

Como habréis captado, cuando a Martin se le empañan las gafas quiere decir con toda seguridad que hay problemas a la vista.

Después de limpiarse los cristales, cogió de la mesita de noche su libro preferido: los *Cuentos de terror* de Edgar Allan Papilla. Papilla era el único que conseguía hacer que le corrieran auténticos escalofríos por la espalda. Sus hermanos, en las camas de al lado, no se movieron. Rebecca, la hermana menor, permanecía inmóvil, estirada de espaldas y con las manos a los lados, en su típica posición de yoga, mientras Leo, con los pies fuera de la manta y la almohada debajo del trasero, roncaba como un trombón.

Pero, de repente, Rebecca abrió los ojos de par en par hacia el techo, se sentó en la cama de un salto y dijo:

–¡Hay alguien en peligro, lo noto!

Martin levantó los ojos del libro y la miró, preocupado: bajo aquel flequillo rojo los ojos verdes de su hermana le estaban observando muy serios.

–¡Mira, allí arriba! –gritó de repente ella, señalando algo del exterior y despertando a Leo, que se cayó de la cama llevándose con él medio colchón:

–Pero ¿qué diablos suce...?

–¡Silencio! –le requirió Rebecca, que solo tenía ocho años, pero parecía haber nacido para mandar–. ¿Lo oís? Se están acercando...

Los tres se quedaron escuchando: en efecto, a los lejos se oían chillidos muy agudos y las llamadas roncas de un pájaro que iban y venían.

–Me parece que es un pavo con dolor de cuello que persigue a un ratón aterrorizado –comentó Leo.

–Casi, Leo, casi... –le respondió su hermana, bajando aprisa de la cama y acercándose a la ventana. Martin dejó el libro y la siguió, sin hacer preguntas.

–¡Mira, allí están! –gritó Rebecca, vislumbrándome finalmente a lo lejos, mientras yo batía mis alas como un poseso e intentaba quitarme aquel pajarraco de los talones: sus *kraaa kraaa* me resonaban amenazadores en las orejas como diciendo «Que te cojo, que te cojo...».

–¡Mirad, es un murciélago! –gritó Rebecca–. ¡Un murciélago perseguido por un gran pájaro negro!

–¡Rápido, Leo! –dijo Martin–. ¡Enciende la luz! ¡Y tú, Rebecca, abre la ventana!

–Ya está –respondió ella.

–¿Y se puede saber por qué? –preguntó Leo.

–Lo atraeremos hacia nuestra ventana –contestó Martin, hurgando frenéticamente dentro de un cajón–. Si consiguiera encontrarlo... ¡Ah, aquí está! –dijo de repente, levantando triunfante un pequeño objeto de metal.

–¿Qué es? –preguntó Leo, ajustándose los pantalones del pijama.

–Un silbato de ultrasonidos. Sirve para ahuyentar perros, pero espero que también sirva para salvar a este pobrecito: los murciélagos oyen perfectamente los ultrasonidos.

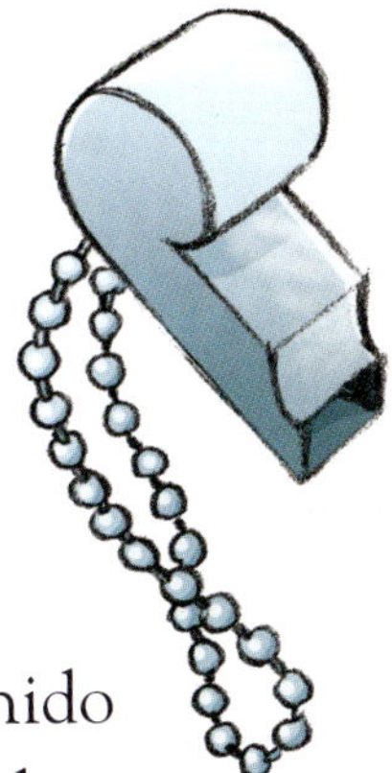

¡A mis orejas desesperadas el sonido de aquel silbato les pareció la salvación! Me di cuenta de que provenía de una ventana iluminada y salí pitando a toda velocidad.

–¡Rebecca! ¡Leo! –ordenó Martin–. Coged una de las hojas de la ventana cada uno y a mi señal las cerráis inmediatamente. ¿Estáis preparados?

–¡Preparados!

–Casi... –contestó Leo, que no encontraba una de sus zapatillas.

–Espabila, Leo, ¡siempre estás igual!

Más allá de la ventana veía a tres muchachos que me incitaban a volar más rápido. Muy bonito, pero aunque mis alas fueran a la velocidad de una batidora, el cuervo me habría cogido: ¡esta-

ba acabado! De repente recordé un número que me había enseñado hacía muchos años mi primo Ala Suelta, un murciélago de la patrulla de acrobacias: ¡El giro de la muerte!

Yo no tenía muchas ganas de «girar» (quizá todavía no os he dicho que tengo vértigo), ¡pero aún tenía menos ganas de acabar entre las garras de aquel cuervo! Así que cerré los ojos, crucé los dedos de los pies (pues los de las manos estaban ocupados), conté hasta tres y… ¡camino al infinito! Recogiendo las alas, dibujé un círculo tan perfecto en el cielo negro que casi casi me aplaudo yo solo.

El pájaro, que no se lo esperaba, se desequilibró a derecha y a izquierda como un gorrión en su primera lección de vuelo, y cuando consiguió volver a perseguirme yo tenía por lo menos diez metros de ventaja. Me dirigí directamente hacia la ventana abierta y la atravesé como una bala de cañón.

–¡Ahora! –gritó Martin a sus hermanos, que cerraron inmediatamente la ventana.

Yo pasé por un pelo, ¡pero el pajarraco de las plumas no! Se aplastó contra la ventana como un flan contra el pavimento. ¡Fue un milagro que no se rompieran los cristales! El hecho es que no se hizo ni un rasguño; más bien, volvió enseguida a revolotear lanzando sus gritos amenazadores.

–¡Lárgate, bestia repugnante! –decía Leo, agitándole delante del pico un par de calzoncillos.

–Déjalo estar, Leo –dijo Rebecca–. Lo haré yo.

La muchacha miró fijamente a los ojos del cuervo, sin ningún miedo: entonces, este dio media vuelta y se volvió a zambullir en la negra noche de donde había salido.

A decir verdad, estos últimos acontecimientos no los vi en persona. Fue todo una cuestión de frenos. Entré por la ventana tan lanzado que no conseguí esquivar la pared de enfrente y le di de lleno: buena puntería, ¿eh? ¡Pero me hubiera gustado veros a vosotros!

Por suerte reboté contra un suave colchón de muelles, pero ni siquiera me di cuenta, porque me desmayé del golpe.

3

LOS HERMANOS SILVER

Cuando recobré el sentido vi tres pares de ojos que me observaban curiosos. Intenté moverme, pero me dolía todo, desde la punta de las orejas hasta el extremo de las garras.

Al acordarme de todo lo que había pasado, un sudor frío me recorrió las alitas: ¡sonidos y ultrasonidos! ¡Aquellos tres chavales eran mis salvadores!

The

–Hola, pequeño. Creíamos que no abrirías más los ojos... Yo soy Rebecca –dijo la muchacha: ojos verdes, cara llena de pecas y largos cabellos rojos.

«¡Buena chica! –pensé–. Me da que esta sabe tratar a los murciélagos.»

–Me llamo Martin y estoy encantado de conocerte –añadió el que parecía mayor.

«Pero ¿de dónde sale este?», me dije.

Llevaba unas gruesas gafas redondas pasadas de moda y un casquete de cabellos oscuros que le daban un aire de intelectual.

«Este se las da de eminencia», pensé.

–¡Hola! Yo soy Leonard, pero puedes llamarme Leo, es más cómodo –concluyó el tercero, masticando alguna cosa. Era más bien gordito y parecía recién salido de la centrifugadora. No tenía un solo cabello peinado y su camiseta era una colección de manchurrones.

«Simpático –pensé–, chapucero, pero simpático.»

–Las has pasado canutas, eh… –dijo Rebecca, cogiéndome en brazos.

–¡Un segundo más tarde y aquel cuervo te hubiera hecho picadillo! –precisó Martin.

–Mmm… picadillo de ratón volante –exclamó Leo–. ¡Me está entrando el hambre!

Iba a explicarle a aquel gordinflón qué diferencia hay entre un ratón y un murciélago cuando sentí un pinchazo terrible en el ala derecha: me la debía de haber roto.

No tuve ni tiempo de lamentarme, porque la pequeña Rebecca ya me estaba tratando mejor que un médico: ¿dónde había aprendido a vendar un ala tan bien?

Cada uno volvió a su cama y Rebecca me acostó delicadamente sobre su almohada.

–Hemos de ponerle un nombre... –dijo, sentándose a mi lado–. ¿Qué me decís de Strel?

–No me gusta, es mejor... ¡Pip! –sugirió Leo.

–Yo sugeriría... ¡Napoleón! –intentó Martin.

–¡Ya tengo un nombre! –dije entonces para hacerlos callar, pero me di cuenta, por cómo me miraban asombrados, de que aquello no se lo esperaban.

–Pero… pero ¿tú sabes hablar?

–Claro –dije yo con chulería.

–¡Impresionante! –dijo Rebecca.

–Insólito, realmente insólito… –comentó Martin.

–¡Qué fuerte! –exclamó Leo–. ¿Y dónde has aprendido?

–Viví unos años en una vieja biblioteca. Por la tarde el bibliotecario acostumbraba a leer en voz alta para los niños. ¡Era buenísimo! Yo escuchaba a escondidas y así, poco a poco…

–Increíble, ¡un ratón volador que habla! –continuó Leo–. ¿Y cómo te llamas?

–Me llamo Bat Pat, y para tu información no soy ningún ratón. Soy un murciélago.

–Si tú lo dices, Pat Pat…

–¡Bat Pat! Y por cierto, creo que debería daros las gracias por haberme… ¡salvado la vida!

–¡No hay de qué, Pat Tat! –insistió Leo.

–¡Por todos los mosquitos! He dicho que me llamo Bat Pat.

–¡De acuerdo, de acuerdo! No te enfades Grat… ejem, ¿podría llamarte solo Bat a secas? Es más cómodo.

Bien, así fue como los hermanos Silver y yo nos hicimos amigos aquella noche y como nos vimos implicados en la misma terrorífica aventura.

Naturalmente querían saberlo todo de mí. Me hicieron un montón de preguntas: Rebecca se informó sobre

mi vida nocturna y Martin sobre mi «casa» en el viejo cementerio, mientras que la única cosa que quiso saber Leo fue si comía solo insectos o también me gustaba la pizza. Lo más difícil, sin embargo, fue convencerles de que, además de hablar, sabía escribir (también gracias a aquel viejo bibliotecario) y que incluso escribía... ¡historias de miedo!

–Un ratón... ejem... ¿un murciélago escritor? –comentó Leo, que no daba crédito a lo que oía–. ¡Flipo!

Después Rebecca volvió a hablar de aquel asunto del cuervo.

–¿Se puede saber por qué te perseguía aquel pájaro? ¿Le habías molestado? –me preguntó.

–¡Nooo!, ¡fue él quien me molestó a mí! Él y su monstruoso dueño.

–¿Monstruoso dueño? Explícate mejor –dijo Martin.

–¿De verdad queréis escucharlo? No deseo asustaros.

–No somos de los que se asustan fácilmente –aclaró Rebecca–. Cuéntanoslo todo.

De este modo les hablé del esqueleto encapuchado, de la tumba descubierta y de aquel pajarraco negro, salido de la nada, que había intentado ajusticiarme.

–Bah, no pienses más en eso, Bat –me recomendó Leo–. Aquí estás seguro.

–Puedes quedarte –añadió Martin.

–Al menos hasta que el ala se te haya curado –concluyó Rebecca.

–¿Y después? –pregunté, tímidamente.

–Después podrás volver a tu cementerio solitario.

–¿Yo solo?

–¡No me digas que tienes miedo!

–Bueno, a decir verdad... ¡me aterra la idea de volver a ver aquel «careto» de muerto!

Los hermanos se cruzaron una mirada silenciosa, y luego Martin habló en nombre de los tres:

–Bien, cuando llegue el momento te acompañaremos nosotros. ¿Contento?

–Para mí que estáis todos locos –dije yo.

–Gracias, Bat. No eres el primero que lo dice –contestó Leo con una carcajada.

4

DESAYUNO EN FAMILIA

La mañana siguiente me despertó una voz aguda que provenía del piso de abajo:

–¡El desayuno está listo!

–Ya vamos, mamá –contestó Rebecca, que ya estaba vestida. Martin se estaba peinando su poblada melena y Leo se peleaba con un jersey que se había puesto del revés.

–Es mejor si evitas hablar, por ahora –me aconsejó Rebecca al bajar la escalera–. ¿Sabes?, no querría que mis padres se asustaran.

–¡Estaré callado como una tumba! –respondí.

Rebecca rio y, cogiéndome delicadamente en brazos, me llevó a conocer al resto de la familia.

En la mesa de la cocina estaba sentado un señor robusto con bigote que, a ojo de buen cubero, debía de ser el padre de las tres criaturas.

–¿Qué era todo aquel alboroto a medianoche? –preguntó, bajando el diario que estaba leyendo. Luego reparó en mí–: Oh, no, Rebecca, ¿otra vez animales en casa? Pero no habíamos dicho...

–Oh, George –lo interrumpió una señora redondita con una sonrisa dulce–. Pero ¿no ves que es un pequeño murciélago asustado? ¡Mira qué monada!

–Lo será, Elizabeth, pero francamente esperaba que la experiencia con el cachorro de cocodrilo fuera la última. Aquella bestia casi me arranca un pie, ¿ya lo has olvidado?

–¡Pero este es solo un murciélago! –replicó Re-

becca–. Lo perseguía un cuervo. Si no lo hubiéramos hecho entrar aquí, lo habría matado. Y también se ha roto un ala al aterrizar, ¿ves? He tenido que curarlo.

–Ya veo –suspiró el padre–. La familia Silver siempre está dispuesta a ayudar a quien tiene dificultades. Bienvenido a casa de los Silver, pequeño. ¿Quieres tomar algo? –Y al decir esto me alargó una galleta de chocolate.

«Simpática familia –pensé yo–, estaré bien durante un tiempo.»

Los niños se lanzaron con ímpetu sobre el desayuno, pero el más entusiasta parecía Leo, al menos a juzgar por sus carrillos, siempre hinchados como los de un hámster.

–¿Habéis visto la noticia? –dijo el

padre, señalando el periódico con la taza de café–. Ayer por la tarde hubo una fuga de la prisión de Black Gate.

–¡Vaya! –exclamó la señora Silver, friendo otros dos huevos con beicon para Leo–. ¿Y quién se ha escapado?

–Un tal Malévolo. Víctor Malévolo. Un ladrón muy peligroso, por lo que parece. Fue arrestado hace diez años junto con su cómplice por un atraco a un banco.

–Con un malhechor como este en circulación no sé si es prudente ir al colegio. ¡Nos podría secuestrar! –intentó decir Leo, con cara asustada.

–No le convendría secuestrar a alguien como tú, Leo. ¡Comes demasiado! Y ahora apresúrate, el autobús escolar está a punto de llegar.

5

OTRA VEZ AQUEL CUERVO

Los niños se fueron al colegio y el señor Silver a trabajar, mientras que la señora Silver salió a hacer la compra. Di unas cuantas vueltas, medio dormido, por aquella gran casa vacía y silenciosa: nosotros, los murciélagos, no estamos muy activos durante el día; más bien, a decir verdad, nos lo pasamos roncando. Volví a la habitación de los niños a buscar un rinconcito tranquilo donde poder dormir, cuando, desde el otro lado de la ventana, me pasó como una exhalación delante de los ojos una sombra negra: ¡otra vez aquel cuervo! Probablemente él también me vio, porque cambió de repente de dirección y volvió hacia mí. Me acurruqué contra la pared, temblando como una hoja. Él se posó en el alféizar. Me estremecí de miedo, ¡y encima tenía un ala fuera de servicio! Por suerte la ventana estaba cerrada, pero, quién sabe cómo, conseguí oír su voz, que no me gustó nada de nada: «Te voy a coger, antes o después te voy a coger...». Y de repente

se dio el piro. Volví a asomarme con mucha cautela y lo vi revoletear de casa en casa, escrutando a través de los cristales de las ventanas. Parecía buscar algo.

Cuando lo perdí de vista fui a tumbarme en la cama de Rebecca y me quedé dormido como un tronco. ¡Si supierais qué bonitos sueños tengo de día! Desgraciadamente algunas veces son un poco... digamos peligrosos. Esta vez soñé que me encontraba en la rama de un árbol. A mi lado había un pequeño cuervo al que estaba enseñando a volar. Apenas acababa de abrir las alas e iba a saltar cuando oí que alguien me gritaba: «¡Detente, Bat! ¡No lo hagas!».

Abrí los ojos y me encontré balanceándome encima del hueco de la escalera de casa, mientras una mano me tenía cogido: ¡que vértigo! Pero ¿cómo había ido a parar allí?

¡Por suerte, Rebecca había llegado a tiempo de evitar que me chafara como un plátano!

–Has tenido una pesadilla, Bat –dijo–. Pero no me parece una buena idea lanzarse al vacío con un ala rota. ¿No crees?

Era cierto. Le di las gracias por segunda vez. Cuando aparecieron sus hermanos les expliqué que había vuelto a ver a aquel malvado emplumado y que me había parecido que estaba buscando algo.

–Hemos de tener los ojos bien abiertos –concluyó Martin, pensativo–. Aquí ocurre algo extraño.

A la mañana siguiente, durante el desayuno, fue el señor Silver quien nos dio la noticia que esperábamos:

–¿Habéis visto? –dijo, enseñando el periódico–. Ayer hubo un intento de robo en el piso de los

Newton. La señora ha explicado que oyó ruidos sospechosos que provenían primero del tejado y después de la campana de la chimenea. Cuando llegó a la sala de estar, solo vio el hollín negro de la chimenea esparcido por todas partes; los ladrones, sin embargo, se habían escapado sin robar nada. Extraño, ¿no?

Era extraño, sí, y los chicos y yo nos intercambiamos una mirada inquieta sin decir palabra.

Durante toda la semana me quedé en casa vigilando, y cada mañana observaba puntualmente al cuervo que se daba su vuelo de exploración sobre Fogville. Y también cada mañana, el señor Silver nos leía la noticia del periódico sobre un nuevo intento de robo. Las características siempre eran las mismas: ruidos en el tejado y en la campana de la chimenea; la sala de estar llena de hollín negro, pero nada robado. Y del ladrón, ni rastro.

El sábado por la tarde, reunidos en nuestra habitación, intentábamos comprender algo de aquel gran misterio, cuando de la casa de al lado llegaron los gritos de una mujer que pedía ayuda.

6

LA ESCOBA DE LA SEÑORA TRUMP

Rebecca me escondió en un bolsillo y fuimos corriendo, junto con los señores Silver, a casa de la señora Trump, su vecina. Estaba sentada en un sillón de la sala de estar, con una escoba en la mano, y le costaba respirar.

Con los ojos abiertos de par en par miraba la habitación, que estaba patas arriba por culpa de los ladrones: había polvillo negro por todas partes y sillas al revés, y la ventana estaba abierta de par en par.

–¡Por todos los santos! –dijo el señor Silver–. ¿Todo bien, Petunia?

–He tenido días mejores… –respondió ella, con voz temblorosa.

Martin sacó una lupa y empezó a mirar alrededor.

–Tranquilícese, ahora llamamos a la policía.

También Leo intentó ayudar metiendo la cabeza en la chimenea y sacándola llena de hollín.

–La policía no puede dar caza a los espíritus… –suspiró la mujer.

–¿A qué espíritus? Pero ¿de qué estás hablando?

–¡Lo he visto, George! ¡He visto al ladrón! Tiene una capa negra con una capucha... la cara blanca como un fantasma... y anda por los tejados.

–No hay ningún fantasma, Petunia –la tranquilizó la señora Silver–. Solamente estás muy asustada.

–¡Te digo que lo he visto! Y también hay alguien con él. ¡Alguien con dos alas grandes, oscuro como la noche! ¡Ha salido volando de mi chimenea en una nube de polvo negro y también ha intentado atacarme! Pero yo me he defendido con esta... –dijo, agitando las escoba.

No sé por qué, pero estas últimas palabras tuvieron en mí el efecto de una sacudida eléctrica. Saqué la cabeza de repente, pero la pobre señora Trump me vio y dio un aullido de verdadero terror:

–¡Hay otro! ¡Hay otro! –gritó, tirándome un zapato–. ¡Sacadlo, sacadlo! –Por suerte para mí tenía muy mala puntería y no me dio.

–Cálmate, Petunia, es solo un pequeño murciélago, uno de los animalitos de mi hija. No hay ningún peligro.

Los Silver consiguieron tranquilizar a la pobre señora Trump y la acompañaron hasta la cama. Nosotros cuatro estábamos en la sala de estar, esperando a que llegara la policía, cuando Martin recogió algo del suelo y dijo que nos acercáramos:

–¡Pssst, mirad aquí! –susurró.

Nos acercamos, curiosos: entre las manos tenía una gran pluma negra. Una pluma de cuervo.

7

UNA VOTACIÓN DEMOCRÁTICA

La policía no encontró ningún otro rastro en casa de la señora Trump. Confirmó solamente que en esta ocasión tampoco habían robado ni un alfiler.

Por desgracia, la señora Trump tuvo la mala idea de explicar a los periodistas la historia del fantasma de la capa negra y de la misteriosa criatura que había asomado por su chimenea, y los periódicos de Fogville, que solo esperaban noticias de este tipo, abrieron sus ediciones con titulares como este:

«Ladrón fantasma entra en la casa de una anciana señora»

O este:

«¡Misterioso ser encapuchado avistado mientras sobrevolaba los tejados de la ciudad!»

Durante toda la semana el señor Silver nos leyó noticias de otros episodios similares, y los avistamientos del fantasma y de su misterioso compañero se multiplicaron. La gente empezó a exagerar: había quien juraba haber visto al fantasma encapuchado cabalgando sobre un enorme pájaro negro en las noches de luna llena. Otros sostenían que entraba en las casas a través de las paredes y luego huía dejando nubes de hollín sobre alfombras y sillones.

Lo único positivo, en medio de toda aquella confusión, fue que mi ala se curó por completo y que finalmente pude volver a volar. Aunque, pensándolo bien, ¡pronto me arrepentiría!

–Ven, Bat, ya es hora de que sepamos más cosas sobre este fantasma –dijo Rebecca, viniéndome a buscar al desván, donde tenía permiso

para refugiarme hasta el atardecer. Aquella era ahora mi nueva guarida.

La seguí revoloteando hasta la habitación.

—¿Qué opináis de este asunto? —dijo Martin cuando estuvimos todos reunidos.

—Es obvio que el hombre encapuchado que Bat vio en el cementerio es el mismo que el que se cuela en las casas de la gente —empezó Rebecca.

—Ya —añadí yo—. Pero ¿quién es?

—No podemos descartar que se trate de un fantasma… —observó Martin.

—Yo creo que es un ladrón habitual que se divierte disfrazándose —dijo Rebecca.

–Yo, en cambio, creo que es Caperucita Negra que lleva flores a la tumba de su abuela –dijo Leo, repantigándose en su cama.

–Pero ¿es posible que no puedas hablar en serio ni cinco minutos? –le gritó Rebecca. Leo encogió los hombros y se bajó la gorra de béisbol sobre los ojos.

–Solo hay una manera de descubrir quién es nuestro misterioso personaje –concluyó Martin, fijándose las gafas a la nariz y mirándonos uno a uno.

–No tendrás intención de... –preguntó Leo, saltando como impulsado por un muelle.

–¡No me digas que tienes miedo, Leo!

–¡Ya lo creo que te lo digo, hermanito!

–Bien, someteremos la decisión a votación. El que quiera descubrir qué cara tiene nuestro personaje encapuchado que levante la mano.

Martin y Rebecca la levantaron, convencidos.

Yo en realidad tenía mucho miedo del esqueleto y de su amigo emplumado, pero no quería decepcionar a mi «salvadora», así que me armé de valor y levanté la garra curada: tres contra uno.

–Así pues, está decidido. ¡Vamos! –dijo Martin.

Leo me fulminó con una mirada.

–¿No querías ver dónde vivo? –le dije, intentando bromear, pero, quién sabe por qué, no se rio.

–Coge la cámara digital, Leo –añadió Martin, con gran calma–. Y tapaos bien. De noche en los cementerios hace mucho frío…

8

EXCURSIÓN AL CEMENTERIO

Estaba oscuro como boca de lobo cuando dejamos casa de los Silver a escondidas.

Íbamos en silencio en fila india: delante iba yo, que conocía el camino; detrás Martin, con un anorak de pluma verde y una linterna de minero en la cabeza; luego Rebecca, abrigada con un enorme poncho rosa de lana, y finalmente Leo, con su gorrita de béisbol al revés y su habitual jersey, que había emparejado con un par de zapatillas de deporte de color anaranjado fosforescente. Estaba de pésimo humor.

–Felicitaciones por la elección de la indumentaria –le picó su hermana–. ¿Querías pasar desapercibido?

Cuando llegamos a la entrada del cementerio encontramos la verja cerrada, señal de que el fantasma aún no había llegado.

Martin la empujó con cuidado, pero no pudo impedir que chirriase. Aguantamos todos la respiración: había un silencio… ¡de muerte!

–Por aquí… –murmuré, haciéndoles dar una buena vuelta panorámica alrededor de la tapia. Entre las tumbas, la habitual niebla gris lo envolvía todo y reflejaba la luz de la luna. ¡Qué lugar tan bonito! Lástima que yo fuera el único que pensara así.

–Esta es la cripta: ¡mi casa! –dije, orgulloso, indicando la entrada de una pequeña capilla.

–Bonito lugar, Bat. ¿Me lo podrías prestar para la fiesta de Halloween? –comentó Leo.

–¡Corta el rollo, Leo! ¿Crees que podríamos escondernos allí, Bat? –preguntó Martin.

–Claro –respondí–, en mi casa estaremos seguros. Por las ventanas laterales podremos observarlo todo sin ser vistos.

Apenas había dicho estas palabras, la verja chirrió de nuevo, y más fuerte que antes: ¡nuestro misterioso personaje había llegado!

–¡Su... sugeriría que nos metiéramos rápido en mi casa! ¿Estáis de acuerdo? –dije. Estaban tan de acuerdo que incluso fueron más rápidos que yo.

Desde la ventana de piedra de la cripta, los cuatro teníamos la mirada fija en el paseo central. Algunos instantes después apareció la silueta negra del encapuchado.

Aguantamos la respiración; Leo, en particular, se había puesto más blanco que la cera, y en cuanto a mí se refiere, estaba... «gris pálido». El hombre miró a su alrededor, desconfiado, después nos dio la espalda y lanzó su reclamo acostumbrado: *¡Kraaaaa! ¡Kraaaaa!*

Mi querido amigo el cuervo llegó casi enseguida y se repitió la misma escena de la primera vez.

–¿Lo has encontrado? –preguntó el encapuchado.

El cuervo respondió nuevamente que no sacudiendo la cabeza y alborotando las plumas.

El hombre dio una patada en el suelo, cogió una piedra y se la tiró, fallando por muy poco.

–¡Eh! –saltó Rebecca–, ¡eso es maltrato de animales!

Martin le puso una mano en la boca. Por suerte, el hombre de negro no había oído nada. Sacó el pico del saco y levantó la losa de la tumba. Se metió dentro, rebuscó durante unos buenos diez minutos y salió, desgañitándose. Luego se desplazó hacia nosotros y destapó sin tantos miramientos otro sepulcro medio deshecho que tenía un timón grabado en la lápida. Tuvo que coger también una pala para quitar toda la tierra que cubría el ataúd. Trabajaba sin parar, resoplando y gimiendo, mientras el cuervo, descansando un poco más allá, se limpiaba las plumas de las alas con el pico. También de

esta tumba el hombre salió enfurecido, arrojando la pala.

–Qué carácter... –susurró Leo–. Se parece a Rebecca cuando se enfada...

–¡Muy gracioso! –replicó su hermana, sacándole la lengua.

–¡Basta ya! –les reprendió Martin–. Mira a ver si puedes sacarle una foto, Leo.

–¿Le pido que sonría antes de disparar? –preguntó Leo, riendo entre dientes.

–¡¡¡Espabila!!!

Leo disparó. Solamente un instante antes de que Martin le preguntase si había desconectado el *flash*, ¡por todos los mosquitos! Un destello artificial iluminó la noche y… ¡también la cara del encapuchado!

–¡Oh, oh! –dijo Leo, mirándonos.

Superada la sorpresa, el ser lanzó un rugido terrible y se lanzó hacia la cripta, seguido del cuervo.

–¡Rápido, por aquí! –susurré a los tres muchachos, entrando en el subterráneo que, por fortuna, conocía como si fueran mis bolsillos.

Bajamos dos tramos de escaleras hasta llegar ante una pared de piedra que cerraba el paso.

–¡Estamos atrapados! –exclamó Rebecca.

–¡Apartaos! –dije yo, y con la garra izquierda apreté el ojo de una pequeña calavera de piedra:

la pared giró y fuimos atacados por una nube enorme de mariposas nocturnas que subieron por la escalera.

–¡Entrad, rápido! –grité. Otro apretoncito a la calavera y la pared se volvió a cerrar detrás de nosotros.

Cuando el encapuchado y su bestezuela llegaron al final de la escalera solo encontraron un muro compacto.

Esperamos, aguantando el aliento, hasta oír cómo se alejaban. Martin fue quien se atrevió a hablar primero:

–Gracias, Bat. Si no hubiera sido por ti… –Y le lanzó a Leo una mirada fulminante.

–No hay de qué –respondí, con un hilo de voz–. Mi abuelo Salnitre siempre decía: «¡No hay muro que pare a un tipo duro!».

–Solo falta que el muro se abra… –comentó Leo con la voz que aún le temblaba del miedo.

–¿Crees que podremos salir ahora? –preguntó Rebecca–. Esto es más bien tétrico.

Entonces los muchachos miraron a su alrededor y se dieron cuenta de que centenares de calaveras blancas les estaban mirando inmóviles detrás de unas antiquísimas rejas enmohecidas.

–Yo también preferiría cambiar de aires… –añadió Leo–. ¡Adiós, chicos, ha sido una fiesta fantástica, pero se ha hecho tarde! –dijo, dirigiéndose a los esqueletos.

Subimos con cautela, atentos al mínimo ruido sospechoso, pero el camino estaba despejado.

– ¡Caperucita Negra se ha ido, por fin! –exclamó Leo–. ¿Podemos volver también nosotros a casa?

Pero Martin ya se había acercado a la última tumba que había destapado el encapuchado y se había agachado para examinarla mejor. Con la linterna sobre la cabeza iluminó la rueda del timón en la lápida.

–Está buscando algo, es obvio –murmuró para sí–. Pero ¿qué? ¿Y qué es lo que está buscando el cuervo?

Estábamos los cuatro en torno a la tumba abierta, intentando encontrar una respuesta a estas preguntas, cuando detrás de nosotros oímos una risa que hizo que la sangre se nos helara en las venas.

9

EL CAPITÁN TRAFALGAR

Bien, bien, bien. Por fin se han decidido a mandar a los nuevos reclutas a la compañía. Pero ¿no te parecen demasiado jóvenes, Nelson?

A pesar de que el terror nos paralizaba las piernas, nos dimos la vuelta. Delante de nosotros se erguía la figura transparente de un hombretón barbudo vestido de marinero, con un sombrero de tres picos en la cabeza, una larga capa azul con los botones dorados, botas negras y una espada en el costado: un

marinero, o más bien el fantasma de un marinero. Sobre su hombro se balanceaba el esqueleto de un papagayo. Leo se desmayó de repente. Rebecca y Martin se apretaron espalda contra espalda. En cuanto a mí, volé a los brazos de mi protectora y me tapé los ojos.

–¿Cómo te llamas, muchacho?

–Ma… Martin, señor. ¿Y usted, si pue… puedo preguntárselo?

–Capitán Trafalgar, oficial de la flota de su majestad la reina de Inglaterra. Y él es Nelson, mi ayudante –dijo, señalando al papagayo–. ¿Habéis venido para enrolaros?

–No, señor, nosotros… en verdad…

–¿NOOO? –gritó el marinero–. ¿HABÉIS HECHO TODO ESTE ESTRUENDO, HABÉIS DESCUBIERTO MI TUMBA, HABÉIS PERTURBADO MI SUEÑO Y MI TRANQUILIDAD… PARA NADA?

Gritó tan fuerte que Leo volvió en sí y fue a esconderse detrás de sus hermanos, mientras yo desaparecía en el bolsillo de Rebecca.

–No. No hemos sido nosotros los que le hemos perturbado, señor –se defendió Martin, hablando de un tirón–. Nosotros solo hemos descubierto que hay alguien que abre las tumbas. Parece que está buscando algo que no consigue encontrar, y eso le hace enfadarse mucho… ¿Usted no tiene idea de lo que puede ser?

El fantasma pareció calmarse.

Cruzó los brazos sobre el pecho y se dirigió de nuevo al papagayo:

–¿Crees que podemos fiarnos de ellos, Nelson?

El papagayo movió la cabeza adelante y atrás, para decir que sí.

–Muy bien –dijo el Capitán, apoyándose en su lápida–. Poneos cómodos, es una historia un poco larga.

Los hermanos Silver se sentaron en el suelo para escuchar la narración, mientras yo me agazapé entre los pliegues del poncho rosa de Rebecca.

–Se dice que hace unos diez años un ladrón escondió en una de estas tumbas una gran suma de dinero robado. El ladrón dibujó un mapa del cementerio indicando la tumba que custodiaba el botín y lo escondió en la campana de su chimenea. Por desgracia, murió antes de poder recuperar el dinero, ¡y sin haber revelado a nadie dónde había escondido el mapa!

–¡Eso es lo que está buscando el cuervo en las chimeneas! –exclamó Martin–. ¡Está buscando el mapa del cementerio! ¿Y usted no sabe quién era

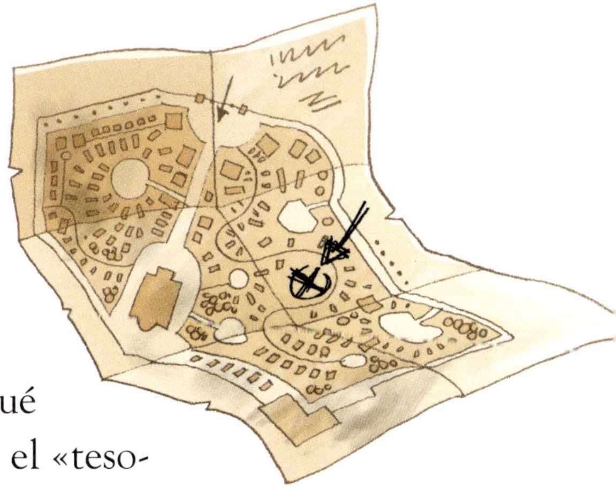

el hombre que escondió el dinero?

–No, desgraciadamente, no.

–¿Y tampoco en qué tumba está sepultado el «tesoro»? –preguntó Rebecca.

–Tampoco eso. La noche en que escondió el botín estaba invitado a una fiesta de fantasmas de la marina; ¡creedlo, estaba también el almirante Nelson, el verdadero!

–¿Y tampoco sabe en qué chimenea metió el mapa? –insistió Martin.

–Muchacho, ¿te parezco un tipo de los que se meten en las chimeneas de los demás, arriesgándome a ensuciarme todo el uniforme? Ni siquiera mi Nelson haría nunca una cosa de esas.

–Pero ¿el tipo encapuchado que ha abierto su tumba no podría ser el fantasma del ladrón que ha vuelto para recuperar el dinero? –intervino Leo.

–Nunca se ha visto a un fantasma usar una pala, que yo sepa.

–Evidentemente alguien más sabía lo del dinero –continuó Martin–. Pero ¿quién?

Nos quedamos en silencio delante del fantasma, que acariciaba a su huesudo papagayo. Ahora el asunto estaba más claro, pero también más complicado.

–Quizá es mejor que nos vayamos… –dijo Martin.

–Yo también lo creo. Este no es un lugar para niños.

–Gracias por su valiosa información, Capitán. ¿Hay alguna cosa que podamos hacer por usted? –preguntó Martin, como un auténtico caballero.

–A decir verdad, hay una cosa… Acércate, muchacho.

Martin se acercó al fantasma, que, inclinándose sobre él, le susurró algo al oído.

–¡Delo por hecho! –dijo Martin–. ¡Hasta la vista, Capitán!

–¡Hasta la vista, marineros!

De este modo regresamos a casa, resfriados pero satisfechos. Estaba claro: lo nuestro era hacer de detectives.

Intentamos averiguar qué le había pedido el fantasma a Martin, pero nos contestó que por el momento era un secreto entre los dos.

–¡De todas formas era simpático, el barrigudo! –logró decir Leo–. No daba mucho miedo…

Rompimos todos a reír, y luego Martin se me acercó y me pidió algo que me hizo poner serio de inmediato.

10

UNA DULCE CARITA

Lo que me pidió Martin vosotros ya lo habéis pillado, ¿no? El muy listo tuvo el morro de pedirme... ¡que fuera a la caza del mapa metiéndome por las campanas de las chimeneas de Fogville!

La tarde siguiente, después del colegio, volvió a la carga.

–¡No pienso hacerlo! –le respondí por segunda vez.

–Tenemos que encontrarlo antes de que lo haga el cuervo –insistía él–. Y sobre todo antes de que lo recupere el encapuchado.

–Pero ¿cómo sabemos que esta historia del «tesoro» es cierta? –observó Rebecca–. ¿Y si el capitán Trafalgar se lo hubiera inventado todo?

–Ya –aprobé yo–, me parece cosa de chalados

todo lo que se refiere a este tipo, por no hablar de su papagayo «desplumado».

–Tenéis razón, podría ser todo falso –respondió Martin–, pero si fuese cierto deberíamos descubrir lo antes posible quién es el hombre encapuchado y por qué quiere aquel dinero. Leo, es hora de que veamos cómo ha quedado tu fotografía.

–¿La fotografía? ¿Qué fotografía? –preguntó él, levantando la vista de un cómic.

–Esa por la que casi nos dejamos la piel. ¡Date prisa!

–Ah, esa. La tengo en un segundo.

Leo conectó la cámara digital al ordenador y pocos instantes después apareció en la pantalla una carita tan espeluznante que los cuatro dimos un salto en la silla: una calavera blanca que miraba con una sonrisa nada amistosa.

–Brrr... aún peor que cuando lo vi la primera vez –dije yo.

–Ya, ya, pero ¿quién es? –continuó Martin–. ¿Alguien tiene una idea?

–¡Yo! –exclamó Leo con entusiasmo–. ¡Merendemos!

Aunque no venía a cuento, la idea de la merienda sirvió para que nos distrajéramos un poco. El ordenador, sin embargo, se quedó encendido toda la tarde, con aquel bello retrato en primer plano que nos recordaba con quién nos las tendríamos que ver.

Una hora después Martin volvió a la carga:

–Escucha Bat, ya sé que no te mueres de ganas de salir ahí afuera, pero tú eres el único que puede entrar y salir de día de una chimenea sin llamar la atención.

–¿De día? –pregunté, incrédulo–. ¡Por todos los mosquitos! Pero ¿cómo os tengo que decir que nosotros los murciélagos no salimos de paseo durante el día? ¡Es pe-li-gro-so! Nos caemos de sueño y nos arriesgamos a hacernos daño. ¿Queréis que me rompa otra vez el ala?

–¿Prefieres ir de noche, junto con el cuervo y su «jefecito»?

–¡Faltaría más! Aquel plumoso también sale a dar vueltas de día, ya lo sabéis.

–Sí, pero parece que no entra en las casas, así que tendrás vía libre.

–¡Pero tengo miedo! ¡Tengo mucho miedo! –lloriqueé.

–También los héroes tienen miedo, pero saben dominarlo. Por eso se convierten en héroes.

Sin saberlo, Martin había dado en el clavo. ¿Qué queréis que os diga? ¡Yo soy sensible a ciertos temas! No es que tuviese que convertirme en un héroe como mi primo Ala Suelta, el de la patrulla de acrobacias, pero de repente sentí dentro de mí una vocecita que decía: «¡Vamos, Bat, recupera el mapa! ¡Solo tú puedes hacerlo!».

Media hora más tarde estaba ya preparado para despegar hacia mi destino.

–Póntelas para protegerte del sol –dijo Rebecca, alargándome unas gafas superdeportivas. Me las puse enseguida y fui a mirarme al espejo: ¡Eh! ¡Tenía un aire de auténtico tipo duro!

–Toma también esto... –dijo Leo, poniéndome en la cabeza su gorrita de béisbol–. ¡Es mi amuleto de la suerte!

Di una última ojeada para asegurarme de que no había cuervos de pico puntiagudo por los alrededores y partí hacia mi misión.

¡Vosotros no tenéis ni idea de lo estrechas que son las chimeneas! Ni tampoco de lo sucias que están. La primera vez estuve tosiendo media hora, la segunda me entró todo el hollín negro en los ojos, mientras que la tercera estuve a punto de quedarme atascado con un ala en el tubo de la chimenea. Para colmo, al volver a la base casi me cruzo con el pajarraco de mal agüero, que aquel día exploraba la misma zona. Esperé escondido a que se quitase de en medio y luego corrí a casa de los Silver, sucio, muy enfadado

y… ¡con las garras vacías!

–¡Irá mejor mañana! –dijo Martin para confortarme.

–¿Mañana? ¿Quieres decir que mañana también tengo que volver ahí fuera?

–¡Hasta que encontremos el mapa, Bat: es lógico!

Estaba intentando explicarle que más que lógico yo lo encontraba peligroso, cuando oímos un grito de Rebecca en el piso de abajo.

Nos precipitamos a la sala de estar y la encontramos de pie con un periódico en las manos.

–¿Qué ocurre? –preguntó Martin.

–¿Os acordáis de la noticia de la evasión que nos leyó papá el otro día? –dijo, mientras continuaba mirando el periódico.

–Sí, la de... ¿cómo se llamaba? ¡Malévolo! ¡Víctor Malévolo!

–Exacto. Escuchad lo que decía el artículo: «Quizá no muchos lectores recordarán que el apodo con el que Víctor Malévolo se hizo famoso en su tiempo era "Víctor Cabezablanca" debido a la curiosa máscara que acostumbraba a ponerse durante sus actos criminales».

–¿Una máscara de cabeza? –preguntó Leo, riendo.

–No –precisó Rebecca–. Una máscara de... ¡esqueleto!

11

UN PIRATA INFORMÁTICO

Regresamos al piso de arriba brincando de la excitación.

—Diría que ahora ya está todo más claro —observó Martin—. El encapuchado con la cara de esqueleto que abre las tumbas del viejo cementerio y da vueltas por ahí aterrorizando a media Fogville es la misma persona que se ha escapado de la cárcel de Black Gate: Víctor Malévolo, apodado «Cabezablanca», arrestado hace diez años por un atraco a un banco.

–¿Estáis seguros? –preguntó Leo.

–Todo encaja: la narración del capitán Trafalgar, el artículo del periódico y sobre todo… ¡la máscara!

–¿No podría ser de verdad un fantasma, como dice la gente? –insistí yo por seguridad.

–¡Pero qué fantasma! –dijo Rebecca, señalando el feo rostro que nos miraba desde la pantalla del ordenador–. ¡Este es un criminal de carne y hueso que está intentando recuperar el dinero de su último golpe!

–Pero ¿es tan tonto que ya no se acuerda dónde lo ha metido? –observó Leo, riendo.

–No, no es así –precisó Martin–. ¿Recordáis lo que dijo el Capitán? ¡El hombre que escondió el dinero y dibujó el mapa murió «sin haber revelado a nadie dónde había escondido el mapa»! El periódico decía que Malévolo fue arrestado junto con un cómplice por aquel atraco: es el cómplice quien escondió el dinero. Evidentemente Malévolo se fiaba de él.

–¡Pero lo engañó! –dijo Leo.

–Puede ser, pero ahora hemos de encontrar el nombre del cómplice. Leo, ¿crees que puedes hacer una «investigación» de las tuyas respecto a este asunto?

–¿Tú qué crees? –respondió su hermano, riendo con sorna. Se sentó al ordenador, hizo crujir todos sus rollizos dedos a la vez y empezó a golpear las teclas a la velocidad de la luz.

–¡Sonidos y ultrasonidos! –exclamé–. ¡Eres realmente un gran tipo!

–¿No te lo esperabas, eh, Bat?

–Pues, sí –suspiró Rebecca–. A pesar de las apariencias, nuestro hermano es un auténtico «cerebro electrónico». ¿O sería mejor decir «pirata informático»?

–¡Pirata me gusta más! –se carcajeó Leo.

Cinco minutos más tarde lo sabíamos todo acerca del atraco y el hecho de que, a pesar de las pesquisas de la policía, el botín nunca se había recuperado… Y también sobre el arresto de los dos ladrones y la muerte en la cárcel del cómplice misterioso, que ya no era tan misterioso: se ¡llamaba Max Lambert!

–Y ahora el último detalle, Leo –le pinchó Martin–. ¿Puedes descubrir dónde vivía este señor?

Leo esbozó otra risita y unos instantes después la dirección de aquel tipo parpadeaba en la pantalla ante nuestros ojos incrédulos:

Calle Viernes, 17. Fogville.

–Pero… –balbuceó Rebecca– ¡si es la dirección de nuestra casa!

12

CAZA EL TESORO

El resto sucedió tan deprisa que casi no lo recuerdo.

Me hicieron subir enseguida al tubo de la chimenea en la sala de estar: me puse negro como el carbón, pero encontré el mapa del tesoro «robado».

–¿Lo podéis creer? –dijo Rebecca–. El tipo que vivió aquí antes que nosotros era un ladrón empedernido.

–¿Creéis que habrá escondido alguna otra cosa valiosa en nuestra casa? –preguntó Leo.

–¡Corta el rollo, Leo! Tenemos que darnos prisa. Se está haciendo de noche y hemos de llegar al cementerio lo antes posible.

–¿Otra vez a aquel lugar? –resopló Leo–. ¿Es realmente necesario?

–Es indispensable –respondió su hermano, sacando un gran paquete de un cajón.

–¿Qué hay ahí? –preguntó Rebecca.

–Si todo va bien, pronto lo descubriréis.

¡Pobre Leo! Le entendía: en el fondo tampoco yo tenía muchas ganas de volver allí. El hecho es que, armados con picos y palas, al cabo de media hora nos encontramos nuevamente entre las viejas tumbas del cementerio.

Con el mapa en la mano fue facilísimo encontrar la que custodiaba el dinero robado.

–¡Es esta! –dijo Martin delante de un simple montón de tierra con una pequeña lápida blanca–. Ahora no queda más que cavar…

Apenas había empuñado la pala, cuando un reclamo muy agudo que conocíamos bien nos puso los pelos de punta: *¡Kraaaaa! ¡Kraaaaa!*

¡Miedo, remiedo! Detrás de nosotros un rostro de calavera nos miraba fijamente con su risa maliciosa.

Con una mano agarraba un grueso bastón, que golpeaba amenazadoramente en la palma de la otra mano. Llegó también su fidelísimo cuervo, que me saludó amablemente:

–¡Por fin nos volvemos a ver!

–Mira, Kerbal –dijo el hombre–. Han encontrado el mapa. ¿Qué simpáticos, verdad? –Y con sus largos y huesudos dedos estiró el papel de las manos de Martin.

–Nos han ahorrado el esfuerzo de buscar la tumba –continuó–. Son realmente unos buenos chicos. Lástima que hayan de tener un mal final, ¿verdad?

Nos apretujamos espalda contra espalda, aterrorizados… Yo, en realidad, me había metido en un bolsillo de los pantalones de Rebecca y me había puesto las gafas de sol para no ver nada.

–¿Sabéis? La noche en que me hicisteis aquella foto de recuerdo os eché el ojo. Creíais que había caído en la trampa, ¿verdad? Ha bastado con seguiros a escondidas cuando dejasteis el cementerio y controlar vuestros movimientos. ¡Ha sido fácil! Estaba seguro de que antes o después nos volveríamos a ver…

Fue en aquel momento cuando Leo, por hacerse el valiente, cometió el error del siglo:

–Sabemos quién es. Lo hemos leído en el periódico: ¡es Víctor Malévolo, un ladrón que se acaba de escapar de la cárcel! Y lo que lleva en la cara es solo una máscara!

–¡Bravo! ¡Lo has adivinado! –rio maliciosamente el hombre, agarrando su bastón–. Lástima que ni tú ni tus hermanitos nunca podréis contar a nadie vuestro gran descubrimiento.

Y dicho esto, cogió a Rebecca por un brazo y la atrajo hacia sí. Ella intentó forcejear, pero él la inmovilizó y, con un rápido gesto, le quitó del bolsillo... ¡a MÍ!

–¡Conviene que se calme, señorita, si no quiere que su amiguito tenga un mal final!

Rebecca se detuvo de golpe.

–¡Deja ir a mi murciélago, mamarracho enmascarado! –le gritó.

Él, por toda respuesta, me encomendó a mi «amigo» el cuervo que, agarrándome bien con el pico, me llevó a la rama de un árbol cercano. ¡Estaba apañado!

–Y ahora –dijo aquel bellaco, dirigiéndose a Leo y a Martin–, si os interesan esos dos... ¡EMPEZAD A CAVAR! –gritó, señalando la tumba.

Leo y Martin (en realidad más Martin que Leo) cavaron un profundo agujero hasta que chocaron con algo duro: de la tierra surgió una cajita oxidada cerrada con un candado.

Cuando se la dieron, el hombre se abalanzó sobre ella, forzó el candado y empezó a sacar decenas y decenas de paquetes de billetes.

–¡Mi dinero! –decía, con voz sofocada por la emoción–. ¡¡¡MI DINERO!!!

Después, desgraciadamente, se acordó de nosotros cuatro.

–Y ahora, queridos amigos, tendréis vuestro merecido –dijo con una voz nada tranquilizadora–. ¿Sabéis?, no se trata de una cuestión personal, pero habéis visto demasiadas cosas. Por eso, si no tenéis nada en contra…

Apenas había empezado a avanzar hacia mis amigos, agarrando su bastón, cuando detrás de él resonó una voz cavernosa que reconocimos enseguida:

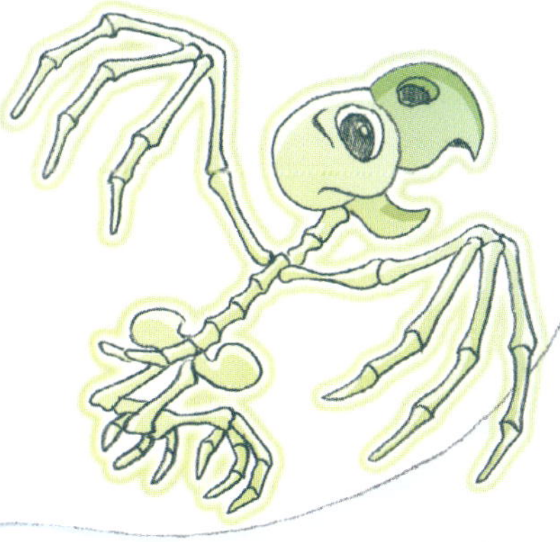

—NO ESTÁ BIEN ASUSTAR DE ESTE MODO A LOS NIÑOS. ¿ESTÁS DE ACUERDO CONMIGO, NELSON?

Víctor Malévolo se dio la vuelta y se quedó boquiabierto: ante él tenía la enorme figura del capitán Trafalgar, que le miraba fijamente acariciando a su esqueleto de papagayo.

También el cuervo, sorprendido, abrió la boca, y cuando vio a Nelson que volaba hacia él, escapó con las alas desplegadas, dejándome libre. Rebecca, al ver que estaba a salvo, saltó con todo su peso encima del pie del ladrón y, mientras este se retorcía de dolor, corrió hacia Martin y Leo.

Α Ω

También yo volví feliz a meterme en su bolsillo, pero esta vez me quité las gafas de sol.

«Hay que disfrutar de la escena», pensé.

–¿Qui-qui-quién eres t-t-tú? –balbuceó el encapuchado, agarrando el bastón con una mano y su pie dolorido con la otra.

El Capitán no contestó, desenvainó la espada oxidada y empezó a avanzar lentamente hacia él.

–Retrocede… –gimió el ladrón, agarrando el bastón con ambas manos–, retrocede o te muelo a bastonazos… –No había acabado la frase cuando empezó a agitar su maza en todas direcciones intentando golpear al Capitán. Comenzó a retroceder hasta que se golpeó contra un árbol y se le cayó la máscara. Apareció finalmente su verdadero rostro, delgado, pálido y aterrorizado.

–Mira –dijo Leo–. ¡Está más despeinado que yo!

Al ver que el Capitán continuaba avanzando,

Víctor Malévolo volvió a levantar su bastón y lanzó un ataque desesperado.

—¡Toma esto! ¡Y esto! ¡Y esto!

No hay que decir que sus golpes hubieran hecho salir unos buenos chichones a cualquiera. Pero en este caso atravesaron al fantasma del marinero sin tan siquiera hacerle cosquillas. Malévolo dejó caer el bastón y se quedó blanco como un yogur.

—¡Eres… eres… un fan… fantasma! ¡UN FANTASMA! ¡SOCORRO! ¡QUE ALGUIEN ME AYUDE! ¡UN FANTASMAAA! —Y chi-

llando de terror huyó a toda prisa, desapareciendo en la oscuridad de la noche.

–¡Todo se acabó, muchachos! Podéis acercaros ahora –sonrió el viejo marinero.

–Infinitas gracias en nombre de todos, Capitán –dijo Martin–. ¡Sin usted, nos hubiera liquidado!

–¡Tonterías! Entre marineros hay que echarse una mano –respondió el hombretón–. A propósito, hijo, ¿te has acordado de aquel pequeño, ejem… «favor» que te pedí?

–¡Claro! –respondió Martin–. ¡Nunca he hecho un favor a alguien tan a gusto!

Y diciendo esto abrió el grueso paquete que había traído consigo.

13

PERO ¿QUIÉN CREE EN FANTASMAS...?

Regresamos a casa en plena noche, llevando con nosotros, como recuerdo de la velada, a Kerbal, que el papagayo Nelson había capturado. Le encerramos en una vieja jaula que encontré en mi cripta y lo confiamos a los cuidados de Rebecca.

Nos fuimos todos a dormir, calladitos, muy calladitos. Incluso yo, que nunca había cerrado un ojo después de ponerse el sol, estaba tan exhausto que subí al desván, me coloqué cabeza abajo en una de las vigas del techo y me sumí en un sueño maravilloso.

Como solía decir mi tía Ala Cama: «Quien duerme… ¡es que tiene sueño!».

La primera cosa que oí a la mañana siguiente fue la voz estridente de la señora Silver que llamaba a desayunar: huevos con beicon, zumo de pomelo y galletas de crema. «¡No está nada mal la vida en esta casa!», pensé.

Dos días más tarde, el señor Silver nos leyó en *El Eco de Fogville* la noticia que estábamos esperando:

–¿Os acordáis del ladrón que se escapó hace dos semanas?

–¿Qué ladrón? –preguntó Rebecca, haciéndose la tonta.

–Sí, aquel Víctor Malévolo… Lo han encontrado por los alrededores del viejo cementerio.

Parece que el pobre estaba trastocado: decía que huía de un fantasma…

–¡Flipo! –dijo Leo, untando medio kilo de miel en una rebanada de pan–. ¿Aún hay gente que cree en esas chorradas?

–Aún no se ha acabado –continuó su padre–. Gracias a una llamada telefónica anónima la policía ha encontrado el dinero que Malévolo y su cómplice robaron hace diez años durante el atraco al banco. Estaba escondido en un cubo de la basura.

En los días siguientes cesaron también los avistamientos del ladrón-fantasma y de su monstruo negro. Las chimeneas de las casas volvieron a la normalidad y Fogville recobró su vida habitual.

Una semana después de la captura del cuervo, Rebecca quiso que la acom-

pañase al bosque para liberarlo. Le habló, le hizo prometer que desde aquel momento sentaría la cabeza y, sobre todo, que no molestaría nunca más a los pobres murciélagos indefensos. Luego abrió la jaula y el pájaro echó a volar.

No sé si fue mi imaginación, pero a mí me pareció oírle decir: «Hasta la vista, nos volveremos a ver las caras tarde o temprano…».

Y aún ahora no sabría decir si fue un saludo o una amenaza.

14

ADIÓS, SUELAS AGUJEREADAS

Sentiréis curiosidad por saber cuál fue el favor que el capitán Trafalgar le pidió a Martin, ¿me equivoco?

Tenéis que saber que cuando el viejo capitán zarpó por última vez de este mundo, quiero decir cuando murió, lo único decente que encontraron para ponerle encima fue su gran uniforme, que no había utilizado más de cuatro veces. Por desgracia no fue tan bien con el calzado, porque solo tenía un viejo par de botas negras, altas hasta la rodilla, con las suelas… ¡agujereadas!

El pobre Capitán nunca había podido soportar este asunto, por eso le había pedido a Martin que le consiguiera un par nuevo.

Cosa que él hizo con mucho gusto.

En cuanto a mí, aquí estoy.

No sé si puedo decir que mi vida es la de antes: tengo nuevos amigos, vestidos nuevos, llevo gafas de sol, algunas veces una gorrita de béisbol y también zapatillas de deporte. Pero lo más importante es que… ¡he cambiado de casa!

Sí, porque después de esta aventura me he planteado de verdad si quería volver a vivir en una cripta húmeda y fría o si prefería un cómodo y cálido desván con una familia simpática y acogedora. Así que me he mudado a casa de los Silver y, prestad atención, una vez recuperado de las emociones de esta historia y del esfuerzo del traslado, también he vuelto a escribir mis historias escalofriantes.

¿El último libro que he escrito?

Bien, el que acabáis de leer, ¡es obvio!

Un saludo cordial de vuestro

Bat Pat

MONSTRUOS DESORDENADOS

¡Qué confusión! Escribir cabeza abajo me ha hecho bajar la sangre al cerebro, de modo que ahora estos monstruos tienen unos nombres incomprensibles. ¿Conseguiréis ordenar las letras y descubrir de quién se trata?

SNAENNFIETRK

MIRVOPA

ORBOZELFO

AIMMO

RJAUB

SANTMFAA

TOELUEQSE

BMOIZ

OUNTRARSONMMOI

Solución: Frankenstein – vampiro – lobo feroz – momia – bruja – fantasma – esqueleto – zombi – monstruo marino

CRIPTA, DULCE CRIPTA

¡Miedo, remiedo! He de regresar volando a mi cripta, pero si cojo el camino equivocado acabaré entre los brazos del encapuchado…

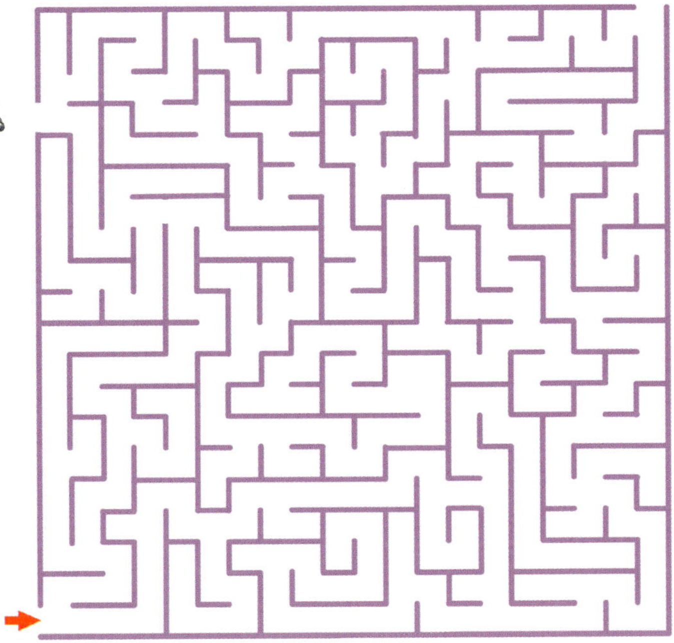

MUNDO DE MURCIÉLAGOS

Y ahora, quisiera presentaros a un pariente lejano mío: el *Pipistrellus pipistrellus*, también llamado murciélago enano. Aunque es el más pequeño de nuestra especie (de hecho no supera los 52 milímetros de longitud) es un gran cazador y le encantan los mosquitos, que captura gracias a su infalible sónar. Tiene las orejas cortas y redondeadas y la piel de color marrón oscuro. Es un tipo más bien perezoso: ¡pensad que en toda su vida se desplaza como máximo a 50 kilómetros de su lugar de nacimiento! A diferencia de mí, que no compartiría mi cripta superequipada, el murciélago enano vive en colonias numerosas… ¡en una gruta de Rumanía había unos 100.000! Ah, se me olvidaba: los murciélagos enanos adoran la compañía del hombre, por eso cuando veáis a uno que sobrevuela vuestra cabeza no os asustéis: ¡probablemente solo busque amistad!

LA CAZA DE LA IMAGEN

Por todos los mosquitos, ¡tengo el sónar averiado! ¿Me ayudáis a recomponer este dibujo con los paneles correctos?

Solución: A-1, D-2, I-3, F-4, H-5.

SOMBRA DESPECHADA

Solamente una de estas tres sombras corresponde exactamente a la imagen de Rebecca. ¿Cuál?

A

B

C

Solución: A.

CRUCIGRAMA GOLOSO

¿Cuál es mi postre preferido? Resuelve el crucigrama y la respuesta aparecerá en la columna en amarillo.

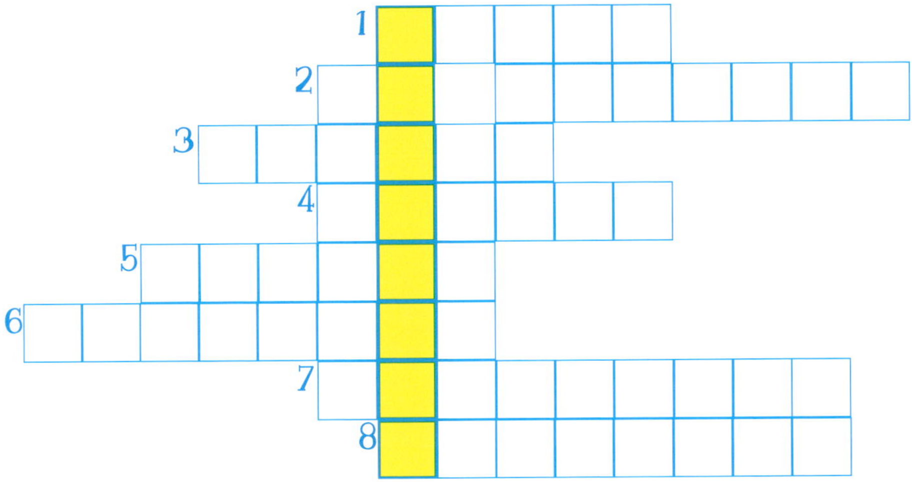

1. Martin le regala al Capitán.
2. No soy un ratón, ¡soy un...¡
3. ¡Qué bonitos son cuando duermo de día!
4. Un pajarraco con muy malas pulgas.
5. El apellido de mis amigos.
6. Víctor, evadido de la cárcel de Black Gate.
7. Como suelo decir: ¡Por todos los...!
8. El nombre de mi abuelo.

Solución: 1. Botas 2. Murciélago 3. Sueños 4. Cuervo 5. Silver 6. Malévolo 7. Mosquitos 8. Salnitre

En la columna se ha de leer: *Buñuelos*

ÍNDICE

BAT PAT

NO OS PERDÁIS...

BRUJAS A MEDIANOCHE

¡Sonidos y ultrasonidos! La malvada bruja Amanita ha raptado a Rebecca y quiere convertirla... ¡en su nueva aprendiz! Suerte que a Martin, Leo y a mí se nos ha ocurrido una idea (un poco alocada) para rescatarla y conseguir que todo vuelva a la normalidad. Cruzad los dedos...

¡ADIÓS, AMIGOS!